오후가 가지런한 이유

b판시선 022

고선주 시집

오후가 가지런한 이유

도서출판 b

디스크에 걸린 삶은
여전히 유효하다
허리 꼿꼿한 세상 꿈꿨지만
단단히 휘어져 버렸다
나이를 한 살 한 살 먹어가면
더 가벼워질 시간들과
조우할 것이라고 믿었다
그런데
하루 시간으로 그 하루가
감당되지 않으니
일상은 늘 창백해졌다

세상 산다는 것 늘 모를 일투성이다
그래서 떠난 누군가를 기다리기보다는
심연에서 출렁거릴 시詩 만나러
무작정 길을 떠나기로 했다

| 차 례 |

제1부

가끔 마른 문어도 바다를 생각한다

냉장고 속 마른 문어
몸이 갈기갈기 찢겨졌지만
결코 바다는
종이처럼
찢겨지지 않는다는 것을 알았을까
순하디 순하게 동면에 취해 있다
입이 근질근질한 날
냉동실 문을 열자
유통기한에 쫓겨 피난 온 것들
손을 넣어 뒤적이자
비닐봉지 바스락거리는,
소리들이 먼저 동면을 털어낸다
무료한 시간을 달래줄
기특한 녀석,
문어를 밖으로 꺼내자
얼려진,
한 덩어리의 바다가

고개를 내민다

자근자근 씹어볼 생각으로
전자레인지에 넣고 돌리자
바다가 해동됐다.

주전자에게 1

끓어오르는 주전자를 본다
바람도 어쩌지 못해 손을 내밀지 못하는,
너무 뜨겁게 달아오른 삶이다

설거지통 찬물에
네 몸을 담갔더니
조금 전까지 삐이 삐 삐이 삐 삐이 삐——
얼마나 귀에 못이 돼 박힌 소리들이 많았으면
너의 외마디 비명들이
가슴에 옹이로 박힐까

어느 날 물로 헛배 불린 네가
가스레인지 위에서 다비식을 하겠다고 주저앉았지
물만 넘치겠지 했다
그러나 뜨거운 삶이 넘쳤다

한참 시간이 지난 뒤

살짝 네 몸에 손을 갖다 댔더니
온기가 먼지 자국처럼 묻어났다
살면서 닦을 수 없는.

주전자에게 2

십오 년 전 신혼 때 샀던 주전자

사랑이 식을 때마다 뜨듯한 보리차 내어주던 그 주전자

깨끗하게 씻어 말리다

지나가며 팔꿈치로 건드렸을 뿐인데

순간, 재빠르게 바닥으로 떨어졌다

늘 불 위에 사느라 위태로웠던 몸뚱아리는 온전한데

정작 손잡이가 산산조각 나 아예 못쓰게 됐다

누군가에 의해 들려지는 삶이 싫었던 것이다

휘어짐에 대하여

아버지의 왼발은 휘어 있다
따라서 세상도 휘어 있다
애 넷 반듯하게 키워냈던
그 생각도 이제 휘어 있다

휘어진 아버지
반듯한 지팡이 부여잡고
마실 나가 휘어진 세상 만난다

마실 갈 때마다
한번쯤은
괜히 지팡이 좌우로
사정없이 흔들어 본다

휘어지다 못해
비틀대는 날
늘어간다

요즘 들어

한 발짝 움직일 때마다

몸보다 소리가 더 굼떠

마지막으로 눈 감는 소리는

들으셔야 한다며

닫히는 귀도 열어 드렸다

내가 본 아버지는 자 같은 분이셨다

누군가 당겨 휘어지게 해도

늘 다시 반듯해졌기 때문이다

아버지는 속으로

너처럼 시도 때도 없이 휘어지지는 않았어,

이눔아

아버지 숨 찰 때마다

지팡이 보고
힘들면 쉬어갈까 말한다

감기로 몇 날 며칠
침대에 누워 옴짝달싹 못한 날 있었다
그날 지팡이 흔들어댄 이유
들려주지 않았어도
마실 못 나갈 날 직감하고
미리 몸 풀어놓았다는 것을

미간眉間과 미간未刊

미간이 더 깊어졌다
두 눈썹 사이가 우주보다 더 넓은데

미간이 갈수록 패여 갔다
아직 삶을 제대로 인쇄하지 않았는데

나는 미간을 집에 놓을 수가 없다

가족에게 인상 찌푸릴 수 있을까 봐서다
혹여 기교에 가득 찬 삶이 읽힐까 봐서다

그래서 늘 데리고 외출한다
만나는 사람마다 기분 나쁘냐고 물었다

옛날에는 그런 일 없다고 손을 저었다
지금은 도무지 찌푸리지 않을 수 없다고 말한다

한때 미간을 없앨까도 했다
시술 받으면 덤으로 표정까지 없앨 수 있어서다

요즘엔 거울을 본다, 메마른 강이 출렁거렸다

결코 바다로 갈 수 없는,
수심을 알 수 없는 일상이
매일 스캔돼 내게 전달됐다

무등산에 오른다는 것

어머니 산으로 불리는 무등산에 간다
원효사 지나 서석대와 입석대 가는 길목에서
아이가 무등산의 엄마는 누구냐고 묻는다

조금 더 가다가
그러면 엄마가 없어 한다

숨이 턱까지 차오르는데
답을 할 수 없어 하늘이지라고 얼버무린다

다시 하늘이 어떻게 아이를 낳았어 하자
천둥과 번개라고 하는 고통을 겪고 나서 낳았다고 했다

아이의 집요한 물음까지 더해진
그날
애 엄마가
생전 처음

무등산 봉우리까지 올랐다

후들거리는 하산
무등산도 같이 내려왔다

집에 오자마자
나무와 숲을 들인 채
무등산으로
드러누웠다

헛바늘 거느리고 산다

너는 혀끝에 늘 머무른다

아무 데나 떨어져 있는 말語
주워 깁지 말라고
헛바늘 돋았다

한때 나는
날카로운 내 삶이 싫다고
그 끝을 천으로 덧대
무디게 해달라고 기도했다

그러나 그 무딘 끝으로는
단단히 내성이 생긴 세상 살아내기가
어렵다는 것을 알았다

팔순 앞둔 어머니는 돋보기 너머로
세상 확대해놓고,

날카로운 세상에 찔려봐야 삶 알 거라 말한다

한번쯤 속울음 울며
뾰족하게 달려오는
신열을 마다하지 말라 한다

시간이 흘러
삶은
한 조각 꿰매기 힘들만큼 헐어버렸다

허리처럼 휘어지는 삶
어디서든 꼿꼿하게 살라고
헛바늘 하나 거느리고 산다

살면서 날카로워진 네가
구멍 난 것들 꿰매는 그 마음
어머니는 허리가 굽고 손가락 휘어지면서도

날이 선 삶 거둬들이지 않았다

나도 내 삶
무뎌지지 말라고
헛바늘 하나 거느리고 산다

봄날, 버려진 의자

퇴락한 골목 어귀
고장 난 할머니 네다섯 분이
버려진 의자에 바짝 웅크린 채
앉아 있다

팔순 넘기 전에는 버려졌다는 기분뿐이었지만
막상 팔순 넘겨서는 버려졌다, 의자처럼

이리저리 의자를 돌려본다
허리가 나간 몸
아무렇게나 돌아간다

귀가 시려
모자로 귀를 덮는다
소리가 제 몸으로 들어오지 못한다

몸 밖이 위험한 곳인 줄 알면서도

웅웅거릴 때마다
졸음이 바퀴벌레처럼 잽싸게 드나들었다

집으로 돌아가면
홀로 견디는 세상,
방 안 덩그러니 놓여 있을 것 안다

그도 택배 보내지듯
마실을 나올 수밖에 없었다

다른 할머니들 틈에서 어렵게 꺼낸 말語들이
환풍기 날개가 잘게 부셔놓은 바람 조각처럼 흩날린다

젊어서는 늘 말을 옮겨 탈이 났었다
나이 먹어서는 자식이야기만 한가득이다

어제 피곤하다고 짜증내고 돌아간

아들 이야기는 끝내
하지 못했다

버려진 의자보다
늘 가족 위해 먼저 버렸던 몸,
고개를 늘어뜨린 채 눈을 감는다

검버섯이 단단히 자리 잡은 목선에
햇빛이 얼룩으로 달라붙어 간지럽다

그해 여름의 기억

아직 채 식지 않은,
온기 가득한 시간들 맞으라고
나무가 소박한 접시에
그늘을 담아 내민다

늘 헛간 맴도는 바람처럼
떠돌아본 사람은 안다
딱딱하게 굳어버린 그늘로
살아온 나의 일상들

마른 나뭇가지들만 앙상했던,
늘 숲을 꿈꾸다가
몽롱한 시간이 잠을 톡톡 깨울 때마다
기지개 켜는 아침이 놓인다

중복 지난 어느 여름 오후
하늘마저 송글송글 땀 맺힌다

사느라고 고열에 힘들어 했을,
메말라서 제 몸이 가루가 되고도
또 한 세상이 열린다는 것을 모르는
꽃잎 같은 그늘을 내다버린다

그 후
나는 고열에 시달릴 때마다
삶이 흔들릴까 봐
바람 콕콕 찍어 바른 그늘을
나뭇잎으로 단단하게 동여맨 것이다

화도에서

충전해도 바로 배터리가 아웃되는 일상들
집을 떠나지 못한 채 처마처럼 하늘을 받치고 있는
가지런한 오후의 삶을 꿈꾸다 큰 맘 먹고 떠난 길
오늘은 무작정 증도를 지나 화도*에 짐을 풀기로 했는데
짐이라야 속옷과 잠옷, 양말 몇 켤레
그리고 벌렁거리는 심장 다독일 협심증 약과 위염 약이
전부다
떠나지 못하면서 떠날 것이라고 시건방 떤 내 많은 시간들
기억이란 한낱 남루한 옷가지나 뭐 다를까
내가 나도 챙기지 못하면서 토끼 같은 마누라와 새끼들을
챙긴다
앞으로 가는 것은 내 삶이었지만
그럴수록 나는 바람과 가로등, 전봇대, 먼 산을 하염없이
보내야 했다

증도에 들어서 소금박물관에 잠시 머문다
짜디짜게 살아야겠다고 마음먹기도 하지만

나는 늘 싱거운 내 삶을 원망했을 뿐이다

아이들은 먼 길 떠나오면 더 큰 소리로 장난을 친다

쫓고 쫓는 놀이를 쉬지 않고 하지만

나는 속으로 그렇게 쫓지 않아도

살다 보면 쫓기듯 하는 날들이 부지기수라는 것을,

차마 일갈하지는 못했다

다시 출발했지만 점심이 잘못됐는지 트림만 나오는 것이다

삶이 단단히 막혔다는 것을 알았지만

앞만 보고 달려야 하는 것이 지금 내가 할 수 있는 전부였다

화도는 어느 날 분에 취한 내 젊은 날 몽롱한 시간처럼

드러누워 있었다

화도로 들어가는 길은 아슬아슬하게 바다를 밀어내고 있는

데

길을 밀어내기만 했던, 영락없는 내 모습이었다

영화도 찍었다는 화도에 와서야

삶이 영화처럼 돌아가지 않는다는 것을 알았다

바람은 길을 잃은 건지 낮게 엎드렸고
갈매기들은 점 같은 섬을 바나로 끌고 가다가 지친 건지
어느 순간부터는 맴돌기만 했다
나는 멍해졌고, 증도 쪽을 바라보면서 긴 한숨이 나왔다
돌아갈 수는 있을까
그때 바닷물이 막 길을 삼키고 있는 것이 보였다

* 화도: 전남 신안군 증도 앞 작은 섬.

오후의 한때

살다 보니
몸보다 먼저
치아가 고장 나는 일 많아졌다

젊은 날
자근자근 씹어대며
시간들 나눠 쓰라고
잘게 잘게 부수어주던,
단단한 결기(決起) 온데간데없다

때로는
너무 강단진 것만 찾다가
이(齒)처럼 상한 일상이
자주 부러졌다

한 해 한 해 갈수록
가슴에 뭉친 것들 늘어간다

또 시간이 목에 걸렸다
뭉친 것들은 아무리 씹어도
좀체 으깨어지지 않는다

불룩불룩 삐져나오는 일상
평평하게 만들어주고 싶은데
푸석푸석해진 치아로는 어림없다
오돌토돌한 시간만 흘러간다

하나 하나 고쳐 써야 할 시간
한짐이다
단단하지 않은 날들
고장만 나는 것 아니다
고쳐 쓰는 시간도 하염없다

어느 날
어금니 뽑았다

썩은 시간이 뽑혀져 나왔다

치통처럼 아파오는 일상
더는 못 보겠다
물렁물렁해진 오후를 기다린다

햇빛 길을 내다

무뎌진 삶을 가다듬던 어느 오후

햇빛이 유리를 뚫고 들어온다

유리는 물렁물렁한 촉감이 좋아

단단한 제 몸을 관통해가는 햇빛을

못 본 척 내버려둔다

방 유리를 뚫고 들어온 햇빛

오래된 식구처럼 옆에 드러눕는다

때로는 엎질러진 물처럼 축 늘어져 있다

네 손길이 따가워 잠시 방으로 피신해

빼꼼 고개 내밀고 쳐다봤다

앙상한 등이 보였다

외로운 듯 흐느껴 울고 있는 것이 아닌가

제2부

다시 지지직 TV

새벽 화장실 가다
눈 부비는,
어두컴컴한 거실 벽
잠의 옷깃을 부여잡고 힘겹게 잠든
너를 본다
속이 다 타버린 네가
잿빛 낯빛으로 나를 봤지
어제는
슈퍼스타의 세기의 결혼식과
연기 이십 년차 겸손한 배우의 비보悲報가
오버랩 됐지
늘 너는 웃픈 세상일들을
앵무새처럼 실토해야 하는
세상을 살아내느라
벽과 마주해야 한다는 것과
벽을 스스로 내려놓을 수 없다는 것을
문득 서서 한동안 들었던 생각이다

42

오늘도
세상살이는 한 편의 영화처럼 흘러가는데
내게는
액션 하니까
모든 것이 각본대로 흘러가버린,
젊은 날이 박제된 필름처럼
내 기억의 영사실에 방치돼 있지
그런데 그것을 상영할 수 없다
내 속이 시커멓게 타버렸다는 것을
실토하고 싶지 않아서다

안방으로 가다가
다시 너를 본다
세상살이가
아직 미상영분이
많이 남았는데

내일 또 수많은 삶을 실토해야
하지 않을까
매일 조종당하는 한세상
거뜬히 살아내야 하는,
그날 저녁 나는
내 삶이 실제일지, 허구일지
정하지 못한 채
지지직거리는 아침을 맞았다

아찔한 일상 만지작거리다

나잇값을 하지 못하거나
별 내세울 것 없거나
그저 직장 목만 안 달아나면 좋겠다는,
생각 하나로 오십 줄에 접어든다
한때 대학생들 가르쳤지만
이제 내가 날마다 나를 가르친다
이맘때 살금살금 다가오는 실직의 그림자
주홍글씨로 새겨진다

앞만 보고 내달리다 보니
일상의 잡다한 스트레스 날릴 곳도 없다
남들은 인생 이모작이니, 삼모작이니 하지만
일모작도 제대로 못한 나는
잡풀만 무성한 일상 갈아엎는다

딱히 재취업하거나
자격증 취득도 여의치 않다

재취업의 날개를 생각하지만
오십 줄에 접어든 나는 늘 추락한다
오 아니면 엑스, 두 장의 카드에 기대고 싶지는 않다
구체적으로 선택해야 할 이모작은 떠오르지 않고
아이들은 날마다 쑥쑥 커 가는데
내 마음의 키는 단신이 된 지 오래다

그나마 재취업 못하면 아이들 키우라는
아이 엄마의 말이 위안일 뿐이다
막다른 골목에 선 나,
오늘은 버텨냈지만 내일을 맞을 수 있을까
차라리 시간 건너 뛰어
관절통이 도진 팔순의 언덕에
허리가 휜 나무 한 그루로 설 수 있다면.

거품에 관한 생각

거품 문다고 나무라지 마라
살면서 거품 물어야 할 일 한둘이 아니다

거품 낼 줄 알아야
몸과 마음 닦을 줄 아는 것이다

비누를 보아라
민들민들해진, 한 일가를 이뤘지 않느냐

아침 일찍 집 나갔던 식구들 돌아와
죄다 먼지 낀 얼굴과 손발 내밀어도
누렇게 뜬 얼굴로 기꺼이 받아주곤 했지

거품을 빼야 한다 말할 때
나는 거품 좀 끼면 어때 생각했다

모난 삶과 모서리가 심해진 세상

거품이 스치자 놀랍게 매끈해졌지

어느 늦은 밤
때 낀 손 내밀어도 싫은 내색 없다

그럴 때마다 속이 텅 비어 있어
비만에 빠진 내 마음이 아팠다

속이 없는 내가
'속살 없는 거품은
금방 사라지는 것'
주문 걸어도
도사견에 바짓가랑이 쥐어뜯기던 날의
섬뜩한 기억이 스멀스멀하다

거품은 늘 텅 빈 몸으로 왔다
하지만 뒤틀린 어제만 그리워하는,

나는 텅 빈 몸으로 갈 것이다

살면서 꿈이나 꿔야겠다
둥글 둥글 말리는 그 무언가를

어부가 남긴 말

평생 배를 몰았다
아니 배나 몰았다

길 없는 바다를 갔다
아니 길 내며 바다를 갔다

여러 사람이 바다가 되겠다고 돌아오지 않았지만
그 바다에서 오십 년째 주꾸미와 꽃게를 잡았다

살아온 것인지,
어쩔 수 없어 산 것인지 모를 날들이었다

하루 하루 바다는 버겁다

그 바다가
벚꽃이 피어야 주꾸미 들고,
진달래꽃 피어야 꽃게 든다는 것을

오랜 시간 지나고서야 알려주었다

주꾸미는 때론 먹물이었다
매일 매일 심하게 기우뚱하는 일상들
전복되지 말라고,
소라껍데기 속에 들어가
단단한 삶을 위해 조개껍데기로 입구를 막곤 했다
하지만 어부는 결코 먹물이 되지 않았다

꽃게는 주꾸미와 늘 다른 생각이었다
포식자들의 약삭빠름보다
물속에서 더 빠른 스피드를 자랑했다
두 발밖에 없으면서 수시로 갈지자 행보를 하는
우리네 삶과는 달랐다
꽃게는 다리가 많아도 갈지자걸음만은 하지 않았다

어부는

두 개의 바다를 품고도

떠날 수 없어

바람이 되었다

그놈

오십 넘어
그놈은
늘 덥수룩하게 자란다

그놈을 베는 날
멀찍이 떨어져 지켜보던
초등생 두 딸이
아빠는 잘생김도, 젊음도
그놈 밀면서 다 밀어버렸다며
못생겼어 한다

그놈은 삼십 년째 한 숲 되기 위해
사투 벌인다
숲 한번 이루지 못한,
내 삶 닮아간다

사는 곳 어디든

한 숲 이루기가 이토록 어렵다는 것을
생각이나 했을까

버려진 마당 잡풀처럼
웃자라는 그놈
모서리 하나 없이
밋밋한 면상으로
한세상 어림없다는데

요새 불쑥 불쑥 튀어나오는
건망증은 어찌 하려는가

뒷장이 삶 앞으로 밀다

앞만 보고 가는 삶
한때 들판의 말馬과
혓바닥의 말語처럼 뛰었다
나가면 나갈수록
앞으로 가는 것이지만
그만큼 삶의 뒤가 늘었다

뒤를 살짝 보았다
앞만 보고 오는 사람들이
나를 잡기 위해 뒤쫓는다
그런데
스마트폰 보는 사람 아무도 없어
긴장이 됐다

그것이 막막해진 삶이다
누구나 그럴 것이라 생각했는데
아무도 그렇지 않을 때

두렵기까지 하다

어느새
삶의 뒷장이, 뒤페이지가
앞쪽보다 많아졌다
뒤를 보며 살자 다짐했지만
또 앞만 본다

어제처럼 앞만 보며 가는
오늘
뒷장이, 뒤페이지가
삶을 밀고 있다는 것을
미처 알지 못했다

무를 말하다

할머니 한 분이
짐수레에 무 가득 싣고
언덕 오른다

늘 휘청댔을 삶처럼
앞으로 나가지 못한 채
숨 쉴 때마다 쇳소리 나온다

수많은 길을 감고 다녔을,
바퀴들
할머니의 기울어진 삶처럼 기우뚱댄다

한참 시간이 흐른 뒤
그때 그 할머니 바람 든 것 모른 채
연골처럼 구멍 난 삶 끌고 간 것이라고

그러니까

물건은 죽지 않으니까
다시 만들면 살아나니까
고쳐 쓰면 되니까
가족 없어도 살 수 있으니까
누군가 가다가 네 몸을 차도, 밀쳐도
아프지 않으니까
끼니 걱정 안 해도 되니까
누군가 그리워하지 않아도 되니까
내일 걱정 안 해도 되니까

그러니까

안아픈세상연구소*

아버지의 폐가 잘려나간 날
너, 아프지 마라

하루가 지난다는 것은
붕대 붙인 날이 더 늘어간다는 것이다

팅팅 불은 네 얼굴
슬키고 핏방울 맺힌 날
호스피스병동에서 또 죽어나간 삶

그리고 깨져버린 첫사랑
모두 아픔에 관한 진단들이다

아픔은 어디에서 오는가

---

* 광주 무등산 올라가며 본 안내판을 그대로 차용.

59

불만의 모습

불만이 커 가는 모습은 아무 데서나 보이지 않는다 우연하게
볼 수 있는 것 가령 숙박시설에 들어갔더니 다른 방에 비해
TV가 너무 후졌거나 욕조 바닥 물이 빠지지 않거나 난방이
되지 않거나 열쇠가 빡빡하거나 외풍이 심하거나 할 때 막대
풍선처럼 일어난다는 것 그리고 며칠 있다가 아무 일 없는
것처럼 틀림없이 법당이나, 예배당에 간다는 것을

비둘기

중앙선 위 비둘기 한 마리
비상을 접었다, 휴식이다
얼마나 중심 잡으며 살고 싶었던 걸까
노란 선이 그의 유고장이 됐다
최후의 순간까지도
중심 다잡기 위해
신음으로 범벅이 된 몸 가지런히 누였다
대신 차들이 쌩쌩 바람으로 곡哭하며 달린다
그때나마 하늘을 놓아버린 날개만 들썩거린다
평생 날다 하늘길 어디다 놓아버리고
노란 중앙선 위에서 안식에 들었던 것일까
누구나 중심 잡으며 살고 싶지만
정작 누군가에게 중심이 된 적 있는가
누군가가 내게 다가와 나의 중심이 되어준 적 있는가
비둘기는 무수히 많은 날 하늘에 길을 내며
중심을 다잡았을 테지만
정작 마지막은 길을 잃었다

제3부

날짜선 넘다

시간은 늘 낮만 고집하고 있다

아무리 빠르게 날아가도
밤이었을 시간은 또 낮이다

신은, 잠재우지 않으려나 보다
그냥 춥다는 의미로 해독 불가한 겨울

황달 같은 불순물 섞인,
빛의 찌꺼기를 덮고 누워본다

그렇게 두껍지 않은 네 몸과 말이
무척 곤하게
날카로워진 잠을 부린다

아이는 시간이 변덕 부린다고
커서 보여줘도 늦지 않을

짜증 한 덩어리,
빵처럼 조각 조각 뜯어내고 있다

쉴 틈 없이 달리느라
가뜩이나 위태로웠던 삶,
광속光速에 밀어 넣은 뒤
더 퀭해진 병자의 눈과 메마른 입술로
양념되지 않은 졸음을 맛봐야 했다

그날 시간은 낮과 밤을 쉽게 뒤집었다
얇은 담요 같은 어둠 한 장 내어줄 뿐
하루 종일 시큰거렸다

이국異國의 빈방

문 열자 매캐한
담배 냄새가 얼굴을 할퀸다

날마다 새로 태어나는 방이라는데
헌 방의 기억 살린 자 누구인가

불어와 독어가 난무하는,
경계 그 어디쯤에 놓인 빈방

흐트러진 시간의 초침이나 돌리는,
오후에는
제발 가지런한 침대가 놓여야 할 텐데

한 사람이 흘리고 간,
하룻밤의 삐딱해진 고뇌와 언어
모두 치워졌겠지

하지만

그 빈방에는

실타래처럼 얽힌 매듭 풀다 지쳐

몸져누운 한 사람이 빠져나가지 못했지

치워도 결코 치워지지 않는 삶

저녁내 그 냄새도

내 옆에서 함께 바스락거렸다

설경

눈眼 앞에 펼쳐진 설경 보노라면
나도 한때 아름다운 그림으로
누군가에게 한 폭의 그림이 돼 주었을까
생각한다

발아래 펼쳐진 설경 보노라면
나도 한때 순백純白의 시간으로
누군가에게 그의 허물을 닦아주는
사람이 돼 주었을까
다시 생각한다

온 세상에 펼쳐진 설경 보노라면
나도 한때 함박눈처럼 푸근한 결정結晶으로
누군가에게 사악한 마음 버리고
세상에 나가 보라고 말해주었을까
묻는다

어느덧
오후를 맞은 삶

여기 축 늘어진 설경 하나

쥐와 쥐에 대한 단상

어렸을 적 천장과 윗목으로
찾아오던 너의 기억들
섬찟하고 소스라치게 비명을 지르곤 했지

밖은 고요했고, 방 안은 궁핍했다

우리 먹을 것도 부족한데
축이나 내는 너를 박멸시켜야 한다며
약을 놓고 덫을 설치했다
너는 잡히지 않고
빈 공기와 한기가 먼저 내게 덫을 놓았지

나는 늘 걸려들었고,
귀신처럼 빠져나가는 네가 부러웠다
오십 줄에 접어든 지금
세상에 덫을 놓다가
너를 다시 만났지

새벽이면 그림자도 없는데
잠 없는 네가
내 몸을 노크하곤 했다
싫다고 몸을 파르르 떨며 거절해도
새벽만 되면
종아리로
물수제비처럼 찾아오곤 했지

섬찟하고 소스라치는 기억이,
어둠 한 겹씩 벗겨내느라
삐쩍 마른 새벽을 깨워
한참 시간을 주무르고서야
다시 김빠진 밤을 누일 수 있었지

소금이 그립다

소금 많기로 유명한 동네 왔는데
소금 며칠째 구경 못했다
짭짤한 시간들
맛있게 무쳐 놓은,
시시콜콜한 일상들이 그립다
때로는 너무 짠내 나게 살다가
고혈압에 걸린 세상 훔쳐보고는
괜히 약 먹을 걱정 미리 했다

소금이 흔해졌는데
세상은 더 싱거워졌고
나는 너무 짜졌다는 소리 들을까 봐
간기 적절하게 배인
오후를 살아내고 있다

여행객의 일기

공기 같았던 마누라는
십 년 전 세상 떠났다
지금 생生 돌아보면 아득하나
먹지 문지르자 나타나는 그림처럼
선명하다
문득 종기로 굳어져 있는 상처들
옹이로 박혀 또 다른 살 이뤘다

갓 넘은 스무 살 청년
한국전쟁도
베트남 파병도
모두 엄연한 기억들이다
제지회사에 다니며
콩나물 키우듯 아이들 넷 키워냈다
시간은 화살보다 더 빠르게 지나갔고
두 발로 걷는 것 감사해야 하는,
노인이 됐다

면도칼로 도려내는 듯
아파서 아무 말 못하는
삶이 덩그러니 놓여진
팔순의 시간들
흔들리지 않기 위해
가슴속으로 샘을 파 내려갔던 날들
깊이를 알 수 없는 시간,
늘 삶이 풀어져 힘들었던 한때
닭살처럼 솟구쳤던 기억도
오늘 하루 마실 나간다

떠돌다가 구순 넘긴,
아흔둘의 여행객은
오늘이 마지막이라는 말 남기고
길 없는 길 떠났다
그 후 그는 보이지 않는 사람이 되었다

호수 성당

그 호수 한가운데
누가 빚어놓은 것일까

해발 백 미터 되는 섬
고둥처럼 앉아 있다

구구 계단 끝
오래된 성당

계단 앞에 선
큰 딸내미가 언제 다 올라 말하자
아빠가 살아본 삶처럼
금방 끝이 날 거라 말해주었다

외로운 섬이 푸르게 키운,
나무 같은 성당
예배실 안에 소원 비는 로프 당겨

종소리 울리면
누군가를 사랑할 수 있다기에
힘차게 잡아당기자
마른 나뭇잎처럼
소리들이 호수로 떨어진다

제 목을 물여울로 헹궈내고서야
다른 삶을 미워하지 말라며
종소리는
정갈한 마음으로 돌아오는 것이었다

눈길

새벽
눈 위에 놓인 발자국
누가 잃어버렸을까

아직 양파 속 얇은 막처럼
걷어지지 않은 밤
안온한 꿈 뒤로하며
졸리운 발자국 남기고
어디로 간 것일까

설산 아래
예배당 첨탑에 걸린
아침 연기와 새 발자국 여전한데
구상나무 숲에 외따로 서
위태롭게 하산하던 골짜기,
맨 아래 붙들고 있는
석조와 목조가 섞인 집

아침이 왔는데
인기척 없다

아직 발자국 되돌아오지 않았는데
다시 온 마을에 눈발 날린다
비슷한 이국異國의 집들
꿈이 비슷한 사람들이 모여 사는 것일 게다

어디선가 개 짖는 소리 들리고
서서히 길이 지워졌다

식사 한 끼 유감

며칠째 닭과 돼지가 밥상에 올라왔다
이미 입에서는 더 이상 닭, 돼지 안 된다
하지만
어느새 끼니때가 오면
또 닭, 돼지 어김없이 올라온다
포동포동해진 시간만 내어달라 했건만

한때 먹고 사는 일 걱정이었다
한 끼 때우기 어려워
쫄쫄 굶던 날 부지기수
하늘이 노래져 어지럽고
힘 하나 없이 위태로운 시간 속으로
걸어갔다
사육된다는 것
시간을 포식한다는 것
살찐 날이 오기는 할까

어느 날 다시 식단으로 올라온
닭, 돼지를 옆 접시로 밀쳐내고
푸른 접시를 꾸미기 시작했다
그 위에
양상추와 양배추를 올려놓은 뒤
올리브유 두르자
푸른 채소들이 쑥쑥 자라 올라왔다

눈물의 날

그곳의 성당*은 역사다

대음악가*가 결혼하고 장례식 치른 곳

결혼식은 화려했고
장례식은 초라했다네

한 사람의 삶이
이토록 하나의 불협화음처럼 연주된 이 있을까

어머니의 죽음, 그리고 지독한 가난
자식의 죽음, 아내의 지병
우울로 점철된 젊은 말년

차고 어둡게
때로는 따뜻하고 밝게
악보 다듬던,

서른여섯 고단한 선율 멈추자
안식 위한 세단 차려졌는데
쓸쓸한 바람만 곡哭하고 돌아갔다

그는
악보 속 영혼불멸이다

수천 킬로를 날아
음악교과서 속 그를 만나러 왔지만
예배당 안에서 잠시 기도만 할밖에 없었다

1147*
산들바람*
마음에 갑각甲殼처럼 들어찼다

그리고 성당 문을 열고 나오자
어디선가 때늦은 눈물의 날*이 들려왔다

그곳에 산다

아버지는 전라도 광주 하남
막내는 경기도 하남에 산다

아버지가
객지 나와 온갖 노동일 하며
20년 만에 몸 누일 집 장만했던 것처럼

막내도 남의 집 전전하다 20년 만에
한강 보이는 곳에
집 한 칸 장만했다

중학교 이후 객지 떠돌던 막내
결혼 후 줄곧 얹혀진 삶 살다가
집 한 칸 장만해 안착한 곳이다

우연인 듯, 아닌 듯
부모 계신 하남과 똑같은 곳에서

또 다른 아이들의 부모가 됐다

서른 너머까지 허우적대던 나와는 달리,
일찍부터 노동현장에 뛰어들어
씁쓸한 자본주의 구경하고
빨리 철들었다

마흔이 넘고는
부모와 이름 같은 곳에 살더니만
아들 셋 앞세우고 든든한 오후 맞는다

이왕 멀리 떨어져 살 바에
하남 잊지 않겠다고
그 많던 도시 놓아두고
그곳에 산다

골목 돌아나가는 담벼락처럼

시간은 구불구불 흘러가고
굽은 손으로 꼼지락 꼼지락
팥알 같은 일상들 겨우 만지는,
부모 고생 안 시키겠다며
모처럼 하남에 오신 부모 모시고
수백 킬로를 달려 하남에 내려드린 뒤
다시 왔던 길 돌아간다

막내는
부모 품 벗어나도
결국 그 품 못 벗어난다는 것을 알았던 게다
되돌아왔던 길을 가도
다시 하남인 것을

지평선

젊은 날
나는 지평선으로 살았다

그 끝에 무엇이 있는지
보고 싶어 끝없는 길 가야만 했다
가다가 지쳐 돌아와도
등 뒤에는 지평선이 그대로 놓여 있었다
무모하게 내딛은 발길마저
살포시 가슴을 내어줘 안아주었다

지평선 만나러 가는 길
제 등을 밟고 섰는데도
얼굴빛 한번 바꾸지 않고
지치지 말며 가라고
바람과 그늘을 기꺼이 내어주었다

어느 날은 네 속살이 드러날까 봐

안개와 대지의 열기 속으로
숨기도 했는데
그 너머 궁금해 가보면
세상은 아무것도 보여주지 않았지만
지평선은 아스라한 제 몸 보여주었다

지평선에게 밤에는 쉬어가라
손 내밀어 어여, 집에 가자 해도
한세상 일구기 위해
파종해놓은 평야가 휘어지거나
구겨질 수 있다며
밤새 들판을 지키는 것이었다

먼 훗날
그 지평선 부릴 수 있는 사람은
넉넉한 가슴으로 한세상 일궈온
아버지와 어머니뿐이라고.

제4부

비닐봉지 속 물고기

비닐봉지 속
물고기가
파닥거린다

아이에게 물었다
그 물고기 비닐봉지에 갇힌 거니,
물에 갇힌 거니

대답하기를
물은 물고기가 필요로 한 거니까
비닐봉지에 갇힌 것이지

물고기가 물에 갇혔다면
사람은 공기에 갇힌 것이게

아이에게 말해 주었다
살다 보면 물에 갇힐 때도 있어.

아이에게 배우다

오후로 접어드는 삶
밤이 머지않았으나
여전히 사는 것이 서툴다

오히려 열 살 된 딸내미가
뾰족뾰족한 세상 아플 텐데
잘 밟고 나간다

어른들은 둥근 눈 가지고도
둥글지 않게 사느라
쉬이 눈이 감겨지지 않는다

그러나
아이는 둥근 눈으로 둥글게 사느라
눈이 금방 감긴다

잠에 든다는 것

모난 것 물리고
좀 더 둥글게 사는 법 배우는 시간이다

잠에 깬 아이를 보고
문득
낮과 밤에 대한 생각 한 줄 떠올린다

아빠, 왜 지금 밤인 줄 알아
지구가 해님 쪽을 안 보고 있어서야.

하루 씻기는 날

하루는 좀처럼 씻는 것 싫어한다

종일 밖에 나갔다 들어온 날
강제로 욕조에 드밀어도 씻지 않겠다고
발버둥 친다

더 어렸을 때
귀에 물 들어가면
소리공장 고장 난다고,
조금 커서는 샴푸가 눈에 들어가면
시린 세상과 만나야 한다고
난리부터 쳤다

머리부터 감겨야 하는데
그때마다 박자 전쟁이 벌어졌다
애 엄마의 다급한 외침
한두 번이 아니었다

머리 밀리는 나는
드라이기 들고 대기하지만
늘 화음에 엇박자다

어느 날은
머리 말린다며
하루의 귀 뒤에 대고
엇박자의 바람이나 일으켜
타박 듣는 날 많았다

파김치가 된 저녁
엿가락처럼 축 늘어진 날
만성피로에 시달리는 나도
축 늘어진 음치의 악보나 뒤졌다

하루는

머리에 샴푸하는 것을

마치 김치 버무리듯 한다고 했지만

옆에서 잠이나 꿈꾸었던 나는

잘 버무려 맛있는 소리 한 접시

얻을 요량料量이었다

나무들

나무들
겨울에 죽었다 말하지 마라
여름 무더위에 지쳐 잠시 쉬는 것이란다
분명히 푸른 시간들 가지고 돌아온다네

나무들
아픈 사람처럼 누렇게 떴다 말하지 마라
가을 누군가를 너무 그리워해 그런 것이란다
단풍처럼 벤치에 앉아 붉은 얼굴로 곱게 뒤돌아본다네

나무들
이파리 다 떨어져 앙상하다 말하지 마라
온몸에 묻은, 미세해진 그리움과 쓸쓸함을 털어낸 것이란다
겨우내 추위에 고개 떨구지 말고 하늘 보며 살라 하네

그러다 물 흐르는 소리와
꽃 피는 소리 들리거든

새가 깃털 물 터는 것처럼
잠에서 깨라 하네

청산 불가한 빚

내게는
청산되지 않을 빚이 있지요

우선 태어나면서
어머니에게 빚을 졌습니다

갚기 위해 온갖 노력 다했어도
온전히 다 갚을 수 없습니다

어머니로부터 진 빚은
자고 나면 금세 불어났지요

유일하게 갚지 않아도 된다 하셨지만
제가 유일하게 갚지 못한 것입니다

자고 나면
불어나는 빚

나는 오늘도 가시방석입니다
이래서 빚지고는 못 산다고 한 듯합니다

어머니의 마음
돌려드리는 날 올까요

불 꺼진 방

밝은 곳만 찾아다니다
모두 떠나버리고 텅 빈,
불 꺼진 방
홀로 지친 몸 누이자
나도 모르게 눈물이 난다
눈물이 뺨을 가로질러
귀로 흘러간다
눈물도 소리가
엄마의 소리가,
듣고 싶었던 게다

모서리

우리 집 열 살배기
반듯한 모서리 다듬느라 매일 분주하다

마치 새 교과서 네 귀퉁이처럼 각이 잡혀 있다

어렸을 때 국민교육헌장이나 외우며
새마을길 삐뚤빼뚤 가던 것과는 별세계다

숙제며 손발 씻기 하는 것 보면
네모반듯한 모서리 끝이 예리한 날 늘어간다

어느 날 너무 반듯한 모서리
한 컷 내민다

속옷 못 갈아입겠어 한다
이유를 묻자
로봇청소기가

남자인지, 여자인지 모르겠어 한다

아니야,
어디 가서 네 속옷 봤다고
함부로 이야기하지 않을 거라고
말해주었다

하늘나라 안녕하신가

안개 낀 날
하느님 편하실 것 같아
자세하게 안 보이니까
하늘나라도 잘 안 보이겠지

이럴 때는 잠시 하늘나라
가지 말고
기다려달라 기도한다

책에 손이 베었다

책에 손이 베었다
상처에 밴드를 붙였다

나는 나중에
그것이 내 마음의 구멍이라는 것을 알았다

꽃잎

꽃잎이 바람에 날렸다
바람의 손이
끌어당긴 것이다
정처 없이 가고 싶었으나
갈 수 없었다
또 꽃잎이 날렸다
어느새 검어졌다
저 먼 곳을 희망했으나
바람이 놓아주지 않았다
꽃잎은 울 수도 없었다
심장이 뛰었으나
꽃잎은 아무렇지 않았다
먼 훗날
그 꽃잎에
바람이 등을 기대고
그땐 정말 미안했다고 말하겠지

열 살 아이의 말씀

아이는 가만 자지를 않습니다

칡넝쿨처럼 잡니다

잠의 줄기가 어둠을 휘감습니다

아이는 또 몸을 꼬고 잡니다

반듯하게 자야 키 큰다고 누차 이야기해 주었습니다

그러나 뱀 보세요

몸을 꼬고 자도 매끈하게 길 내며 가잖아요

저도 꼬인 날들 잘 풀며 갈 수 있지 않을까요

나는 이제 열 살이거든요

제5부

물의 사원

어떤 물은 흘러 갈라진 논바닥에 안긴다
그 바닥에 연고처럼 스며들거나
새까맣게 타는 농부의 가슴 식히는
오아시스 되거나
종국에는
회색 들판에 푸른 생명 넘실거린다

어떤 물은 마른 혓바닥 같은 강에 안긴다
먼 길 떠나는 것이 아쉬워 온 마을 돌거나
민물고기 강에서 모처럼 뛰어놀게 하거나
사랑하는 사람끼리 서로 강이 되어준다

어떤 물은 바다에 안긴다
요란하게 살지 말라고 고요가 되거나
먼 데서 달려오느라
피곤한 물의 등 결리지 말라고
파도의 손으로 어루만져 주거나

크게 호흡하며 살라고 태풍이 되어준다

그러나 목마른 자의 목구멍 적시거나
흙먼지 이는 바닥 촉촉하게 하거나
메마른 산야에 옮겨 붙은,
성난 불 쓰다듬거나 하는 물은
어느 선승의 몸과 같은 것이다

가로등이 있는 저녁

어둠이 무너질까
저기 가로등이 비추고 있다

한때
길 잃은 날파리들 떼 지어
가로등 불빛 점령한다

수없이 잉잉 대며
빛으로 오랜만에 나와
군무를 추며
어둠 보고 조금 봐달라 한다

수선스럽지 않은 밤을
꿈꿨으나
오십 넘어 맞는 밤은
수선스럽다

하지만 늘 홀로 남아
빈 접시에 차려진 어둠 한 조각
시식한다

오후로 접어드는 삶
누군가의 가로등이 돼
그의 길 밝혀주고 싶은 마음뿐이다

점점 복잡해지는 일상
무심코
가로등은 어둠의 어머니라는 딸내미의
야무진 정리가
오랫동안 머릿속을 떠돌았다

안경 벗다

노동의 출발은 안경이다

안경 끼면 일이 몰려 왔다
지금 하는 일 많은데도
일이 계속 얹혀졌고,
퇴근 후 집으로 다시 출근이 이어졌다

힘내 안경부터 끼지만
몸은 자주 드러눕고 싶어 했다
입술 살짝 깨물며 노트북 켜고 앉는다
자판은 흐릿했다

오타투성이의 세상과 마주쳤다

노래

노래
그렇게 잘할 수 있다니
태어날 때부터
몸속에 음원 있었구나

음원 없으면
노래 안 되는데
공기 반 소리 반이라니
치료 받은 것 아니냐

그러나
가슴에는 늘 삑사리
어떤 노래로
길을 내며 갈까

뿌리

뿌리박혀 살라 한다
그러나 나는 이제 뿌리가
얼마나 쉽게 뽑히는지
세상에 잘못 뿌리내리는
것들의 무성함을 보았다
어느 날 내 몸의 뿌리를
생각했다
삶이 기우뚱대는
오십 줄 들고서야
이齒가 모두 뿌리였다는 것을,
허나 하나둘 뿌리 뽑히는,
오도독 씹어대던,
금쪽같던 시간들은
어디로 갔을까
어제 나는 또 내 몸에 파종해놓은,
뿌리를 뽑았다

심지心志 하나가 통째로 뽑혔다

역사

무왕은
온전한 백제를 물려주었다
아들 의자왕은
의자에 앉자마자 의자를 뺏다

역사는
승자들만 기억한다 하지 않는가
할아버지와 할아버지
그리고 할아버지에 대한 이야기는
그 어떤 사서에서도 찾을 수 없다

역사는 이미 비만에 걸리고 말았다
제 몸 하나 가누기 어려울 정도로.

소소한 입장에 대한 변론

a. 원고

고기씨: 살점도, 뼈다귀도, 그리고 초원도 너에게 내주었다

나무씨: 줄기도, 뿌리도, 그리고 하늘도 너에게 내주었다

b. 피고

나씨: 일면식도 없는 고기씨나 나무씨가 나를 속인 것이다

　　　배 불린 적 없고, 그늘과 푸른 시간 내달라고 부당하게

　　　요구한 적 없다

c. 판결

판사: 피고는 의도적으로 초원과 하늘까지 기만한 것이

　　　분명하다. 막대한 손해를 초래한 만큼 책임이 막중하

　　　다. 따라서 피고는 상처 입은 초원과 하늘이 완쾌될

　　　때까지 원고에게 입원비와 치료비 일체를 보전할

　　　의무가 있다

천둥과 꽃잎

지상으로 떨어지는 것을
다 받아주는 것은 아니다
아주 빠르거나, 느리거나 해야지
어정쩡한 발걸음으로는
지상에서 한 일가
이룰 생각 버려야 한다

가령 천둥과 꽃잎을 보라
둘 다 발 없지만
수천, 수만 리 가서
한 생生 일구지 않느냐

천둥이 지상으로
오기까지
얼마나 많이 불 튀기는 고민 있었겠냐
날개도 없으면서
하늘 퍼덕이다

사랑한다 말 한 마디 못하고
울부짖다 사라져가는 마음인데

바람 불면 꽃잎들
갈 곳 없이 흩날려
길바닥에 아무렇게나 드러눕는다
세상 구르다 버려질 걱정 없었겠냐
때로는 네 얼굴 창백하게 메말라가도
촉촉하게 적실 고백 한마디 못한 채
발만 동동 구르는 사람의 뒷모습인데

천둥과 꽃잎은
성격 다른 자매가
멀리 떨어져 사는 것 아니겠냐

구닥다리 카메라

찍혔을까

...

쓸 수 있을까

...

삶을 조금만 확대해도 깨져버리는

...

나는

너를 일찍부터 찍었지만

단 한번도 내 마음으로 전송되지 않았다

위험한 아포리즘*

*

우선 멈추고, 좌우 차를 살핀다
그리고 횡단보도 오른쪽에서 손을 들고
차 운전자와 눈 맞추며 차 멈춤을 확인한다
차를 계속 보면서 건넌다
도로횡단 다섯 원칙 되뇌어보지만
차들 쌩쌩 달린다

* *

물이 없다면 꽃이 시들고 풀도 시든다
결정적으로 손을 못 씻는다

* * *

습관은 송진처럼 내 몸 밖에 박힌다
그래도 불안해 나이테처럼 몸을 휘감고 돌아 나온다

* * * *

그해 아픔은 유독 햇빛이 시렸다
슬프고 슬픈 일 많아 더욱 시렸다

* * * * *

그림과 이미지가 넘쳐나는 세상
내 말과 글자들아! 이젠 안녕

* 아포리즘aphorism: 깊은 체험적 진리를 간결하고 압축된 형식으로 나타낸 짧은 글.

먼나무

살다 보면
모를 일 한둘 아니다
알고 싶어도
알 수 없는 일들
지천에 널려 있다
갑갑해도 어쩔 수 없는 것
그게 삶이라 했던가

때로는
세상이 나를 버렸다는 생각 들어
이번에는 내가 세상을 버리고 멀리 떠나
때가 탄 몸과 마음 세탁해
뽀송뽀송하게 오래 쓰고 싶었다
은둔자의 삶 꿈꾼 것이다

스스로 지워본 자들은 안다
지울수록 자국이 번진다는 것을

그래서 저마다 마음에 얼룩 들이고
산다

삶이 춥다고 느낄 때마다
얼룩 들여놓은
나,
붉은 생채기가 주렁주렁 매달린 일상
늘 알 수 없는 것들에 지근거린다

오늘 하루
멀리서 한눈에 들어오는,
간결한 삶 살라고
먼나무*로 서본다

* 바닷가 숲에 자라는 상록 큰키나무.

햇빛과 나무와 물의 시학
— 아날로지의 회복과 대안 우주를 꿈꾸는 고선주의 시세계

이병철(시인, 문학평론가)

1. 자연을 상실한 인공자연의 세계

아버지의 폐가 잘려나간 날
너, 아프지 마라

하루가 지난다는 것은
붕대 붙인 날이 더 늘어간다는 것이다

팅팅 붙은 네 얼굴
슬키고 핏방울 맺힌 날
호스피스병동에서 또 죽어나간 삶

그리고 깨져버린 첫사랑

모두 아픔에 관한 진단들이다

아픔은 어디에서 오는가

— 「안아픈세상연구소」 전문

우리는 살면서 죽고, 죽으면서 산다. 지금 이 순간에도 존재
는 끊임없이 소멸 중이다. 위 시의 화자는 현존하는 소멸,
소멸하는 현존인 '아버지'를 바라보고 있다. 폐를 잘라낸 아버
지는 화자에게 "너, 아프지 마라"는 당부를 한다. 그러나 "하루
가 지난다는 것은/붕대 붙인 날이 더 늘어간다는 것"임을
화자는 이미 알고 있다. 엄마의 자궁에서 태아가 분리되는
순간부터, 아늑한 어둠이 부서지고, 몸이 허공으로 들어 올려져
'태아의 잠'이 깨어질 때부터 인간은 실존적 한계를 극복할
수 없는 불완전한 존재로 전락한다. 태어남과 동시에 인간의
생은 '호스피스병동'이 된다. 세상 어디로 눈을 돌려봐도 "모두
아픔에 관한 진단들"이다. 시인은 "아픔은 어디에서 오는가"라
고 묻는다.

아픔은 어디에서 오는가. 현대 사회의 질병들은 왜 발생하는
가. 아픔은 분리와 간극에서부터 온다. 오늘날 세계가 병든
것은 인간과 자연이 멀어지면서 이 세계가 태초의 생명력을
잃어버렸기 때문이다. 자연이 사라진 자리를 기계문명이 대체

하면서 인간과 자연이 서로 상응하던 우주의 조화 '아날로지 analogy'가 망가져버린 탓이다. 오늘날 세계는 자연을 상실한 채 자연을 모방하는 인공자연만을 세워두고 있다. 유토피아를 흉내 내는 가짜 유토피아, 내용이 사라진 형식주의, 본질 없는 허상 등 시뮬라크르의 세계는 근본적으로 병들어 있을 수밖에 없다.

고선주의 문제의식은 여기서 시작된다. 시집에는 인공자연에 대한 묘사가 자주 눈에 띈다. 그는 인공자연이 자연을 대체하면서 인간과 자연, 생명과 우주 사이에 생긴 간극이 현대인을 불행하게 만든다는 것을 우리에게 경고하고 있다.

냉장고 속 마른 문어
몸이 갈기갈기 찢겨졌지만
결코 바다는
종이처럼
찢겨지지 않는다는 것을 알았을까
순하디 순하게 동면에 취해 있다
입이 근질근질한 날
냉동실 문을 열자
유통기한에 쫓겨 피난 온 것들
손을 넣어 뒤적이자
비닐봉지 바스락거리는,

소리들이 먼저 동면을 털어낸다
무료한 시간을 달래줄
기특한 녀석,
문어를 밖으로 꺼내자
얼려진,
한 덩어리의 바다가
고개를 내민다

자근자근 씹어볼 생각으로
전자레인지에 넣고 돌리자
바다가 해동됐다.

　　　　　——「가끔 마른 문어도 바다를 생각한다」 전문

　'냉장고'는 인공자연이고, 그 안의 '마른 문어'는 인공자연의
폭압에 의해 가짜 유토피아에 강제적으로 순치된 현대인의
은유다. 이 강제 순치의 과정에는 절단, 가공, 건조 등 존재의
본질적인 성질이 전혀 다른 것으로, 부자유하고 무기력한 것으
로 뒤바뀌는 존재성의 추락 이동이 선행된다. 자연과 교감하며
우주적 리듬 안에서 대지의 심장으로 호흡하던 태초의 거인들
은 어디로 사라졌는가. 이제 인간은 난시와 환청, 정신분열,
현대병에 시달리는 불구가 되어버렸다.
　현대인들은 가공·유통된 인공자연을 통해서 겨우 상품으로

서의 자연, '자연의 이미지'만을 소비할 뿐이다. "한 덩어리의
바다"를 "전자레인지에 넣고 돌리자 / 바다가 해동됐다"라고
하는 일상의 기록은 자연마저도 인스턴트 공산품이 되어버린
인공자연 시대의 평범한 초상이다. 전자레인지에 넣고 3분을
가열하면 완성되는 레토르트 식품처럼 자연도 집으로 배달되
어 무심히 조리되고, 아무런 감흥도 없이 섭취되고 소화되는
세상이다. 사람들은 이제 냉동식품을 통해 자연을 맛보고,
티브이 프로그램을 통해 정글과 바다를 체험한다.

　　새벽 화장실 가다
　　눈 부비는,
　　어두컴컴한 거실 벽
　　잠의 옷깃을 부여잡고 힘겹게 잠든
　　너를 본다
　　속이 다 타버린 네가
　　잿빛 낯빛으로 나를 봤지
　　어제는
　　슈퍼스타의 세기의 결혼식과
　　연기 이십 년차 겸손한 배우의 비보悲報가
　　오버랩 됐지
　　늘 너는 웃픈 세상일들을
　　앵무새처럼 실토해야 하는

세상을 살아내느라
벽과 마주해야 한다는 것과
벽을 스스로 내려놓을 수 없다는 것을
문득 서서 한동안 들었던 생각이다

오늘도
세상살이는 한 편의 영화처럼 흘러가는데
내게는
액션 하니까
모든 것이 각본대로 흘러가버린,
젊은 날이 박제된 필름처럼
내 기억의 영사실에 방치돼 있지
(중략)

내일 또 수많은 삶을 실토해야
하지 않을까
매일 조종당하는 한세상
거뜬히 살아내야 하는,
그날 저녁 나는
내 삶이 실제일지, 허구일지
정하지 못한 채
지지직거리는 아침을 맞았다

길들여지지 않은 거친 야생의 자연에서 생활하던 원시인들에게는 불이 생존의 도구였다. 그때 불은 크게 네 가지 기능을 수행했는데, 어둠을 밝히고, 날것을 익히고, 추위를 막아줄 뿐만 아니라 인간들을 불 주위에 모여 앉히고 무료함을 달래주는 '예능'의 역할도 했다. 이 불은 오늘날 현대문명에 와서 '상징적 불'로 대체되며 원시 시대와 동일한 기능을 한다. 어둠을 밝히던 불은 전구가 되었고, 날것을 익히던 불은 전자레인지와 인덕션 버너가 되었으며, 추위를 막아주던 불은 보일러가 되었다. 그리고 무료함을 달래주던 불은 텔레비전으로 대체되었다. 모두 다 인공자연이다.

인공자연을 체험한 기억은 금세 휘발한다. 체험은 체험이되 실체가 없는 상상체험이기 때문이다. "오늘도 세상살이는 한 편의 영화처럼 흘러가"는 가운데 "웃픈 세상일들을 / 앵무새처럼 실토해야 하는" 텔레비전은 드라마, 리얼리티 프로그램, 페이크 다큐 등 온갖 허구들을 상상체험하게 하는 도구로 기능한다. 인공자연의 세계에서 '영화' '필름' 등 세계의 본질을 2차 가공한 시뮬라크르들은 모두 감각적 허상이다. 현대인들은 "내 삶이 실제일지, 허구일지 / 정하지 못한 채 / 지지직거리는 아침을 맞"는다. 출생부터 성장, 학교에 다니고, 친구를 만나고, 연인을 사귀고, 사랑하고 헤어지고, 중년이 될 때까지

자신의 평생이 각본에 의한 텔레비전 리얼리티 프로그램임을
알게 된 주인공이 혼란스러워하는 영화 〈트루먼 쇼〉가 떠오른
다. 막장 드라마보다 더 막장 같은 일들이 벌어지는 이 세계는
허구와 현실이 혼재되어 있다. 이 본질과 허구, 오리지널과
시뮬라크르의 어수선한 혼돈은 이 세계 자체가 원형을 잃어버
린 인공자연인 데서부터 비롯된다.

> 중앙선 위 비둘기 한 마리
> 비상을 접었다, 휴식이다
> 얼마나 중심 잡으며 살고 싶었던 걸까
> 노란 선이 그의 유고장이 됐다
> 최후의 순간까지도
> 중심 다잡기 위해
> 신음으로 범벅이 된 몸 가지런히 누였다
> 대신 차들이 쌩쌩 바람으로 곡哭하며 달린다
> 그때나마 하늘을 놓아버린 날개만 들썩거린다
> 평생 날다 하늘길 어디다 놓아버리고
> 노란 중앙선 위에서 안식에 들었던 것일까
>
> ──「비둘기」 부분

위 시의 비둘기는 평생 날던 '하늘길'을 놓아버렸다. 자연을
상실한 것이다. 인공자연인 노란 중앙선 위에서 비참한 죽음을

맞이한다. 언젠가는 인간도 비둘기처럼 "신음으로 범벅이 된" "최후의 순간"을 맞이하게 될 것이다. 자연이 사라져버린 세계는 거대한 동물원이 되었다. 아프리카를 흉내 낸 인공 아프리카, 북극을 흉내 낸 가짜 북극 등 동물원은 모방 세계다. 이 모방 세계 안에서 동물들은 유토피아와 가짜 유토피아 사이의 혼란을 겪는다. 서울대공원의 북극곰을 떠올려보라. 온대기후의 한국 땅에 갇혀 지내는 처지가 비참하다. 환경 자체가 폭력이며, 생존이 곧 지옥이다. 타고난 기질, 개성이 어떻든 간에 정해진 환경에 무조건 적응해야 하는 곳이 동물원이라면, 문명사회도 별반 다르지 않다.

인공 얼음 위에서 어떤 북극곰은 여기가 북극이라고 믿지만, 다른 북극곰은 북극이 아니라는 걸 안다. 가짜 유토피아를 유토피아인 양 착각하고 살거나, 유토피아가 아닌 걸 알면서도 그냥 현실을 수용하며 사는 것이다. '자유' '기회' '복지' '편리' '안보' '안전' 같은 말들이 인공 나무와 호수, 얼음 역할을 하며 허상의 유토피아를 이루고 있다. 그것들은 있으면서 없고, 누구에게나 허락되는 것 같아도 몇몇 사람이 독차지한다. 그런데도 우리는 이 사회를 살 만한 곳으로 철석같이 믿거나, 살 만한 곳이 아닌 걸 알면서도 그 안에서 그저 산다. 그는 전자레인지, 텔레비전, 고속도로 등 인공자연의 다양한 상징물을 통해 현대문명의 병리적 현상과 인류의 비극적 존재 양식을 날카롭게 투사하고 있다.

2. 아날로지의 언어가 펼쳐 보이는 새로운 자연, 대안 우주

무뎌진 삶을 가다듬던 어느 오후

햇빛이 유리를 뚫고 들어온다

유리는 물렁물렁한 촉감이 좋아

단단한 제 몸을 관통해가는 햇빛을

못 본 척 내버려둔다

방 유리를 뚫고 들어온 햇빛

오래된 식구처럼 옆에 드러눕는다

때로는 엎질러진 물처럼 축 늘어져 있다

네 손길이 따가워 잠시 방으로 피신해

빼꼼 고개 내밀고 쳐다봤다

앙상한 등이 보였다

외로운 듯 흐느껴 울고 있는 것이 아닌가

―「햇빛 길을 내다」 전문

　고선주의 통찰력은 현대문명에 대한 뼈아픈 진단에만 그치지 않고 적극적인 처방까지 제시한다. 그는 아날로지의 회복을 통해 우주와 인간이 협화음을 이루던 이상적 원형 세계의 복원을 시도한다. 그때 그가 상응과 교감의 언어로 펼쳐 놓는 인간과 자연, 자아와 타자의 새로운 관계학은 그의 시 안에 대안 우주alternative universe를 부려놓는다. 독자들은 그의 시가 펼친 새로운 자연, 대안적 유토피아에서 먼 옛날 자연과 교감하며 충만감을 얻었던 기쁨을 회복한다.

　"방 유리를 뚫고 들어온 햇빛"은 위축된 자연을 상징한다. 고층빌딩들이 빼곡히 들어서고, 미세먼지와 스모그가 하늘을 가리고, 사람들은 타자와의 소통을 거부하며 자발적 유폐를 위해 창문에 선팅 필름을 붙이고 커튼과 블라인드를 매단다. 자연과 인간 사이에 발생한 이 커다란 단절에 '햇빛'마저 외로움을 느낀다. 현대문명에서 자연과 격리된 인간이 고독한 만큼 자연도 "외로운 듯 흐느껴 울고 있"다. '햇빛' 쪽에서 먼저 자연과 인간의 간극을 극복할 수 있는 구체적 방법론을 제시한다. "오래된 식구처럼 옆에 드러눕는" 것이다. 그러나 자연이라는 타자성을 수용하는 열린 세계관을 너무 오래 잃어버린 탓에 인간은 "네 손길이 따가워 잠시 방으로 피신"한다. 아직 준비가 되지 않은 것이다. 그러나 자연이 준 힌트를 시인은 결국 눈치 채고 전향적 자각에 이른다. 아래 시를 살펴보자.

어머니 산으로 불리는 무등산에 간다
원효사 지나 서석대와 입석대 가는 길목에서
아이가 무등산의 엄마는 누구냐고 묻는다

조금 더 가다가
그러면 엄마가 없어 한다

숨이 턱까지 차오르는데
답을 할 수 없어 하늘이지라고 얼버무린다

다시 하늘이 어떻게 아이를 낳았어 하자
천둥과 번개라고 하는 고통을 겪고 나서 낳았다고 했다

아이의 집요한 물음까지 더해진
그날
애 엄마가
생전 처음

무등산 봉우리까지 올랐다

후들거리는 하산
무등산도 같이 내려왔다

집에 오자마자
나무와 숲을 들인 채
무등산으로
드러누웠다

　　　　　　　　──「무등산에 오른다는 것」 전문

　화자는 "어머니 산으로 불리는 무등산에 간"다. 그는 무등산
을 '어머니 산'으로 호명하면서 자연과의 화해를 과감하게
요청한다. 하늘과 바람과 흙을 부모이자 형제자매로 여기며
자연주의적 삶을 살았던 아메리카 인디언들의 세계 인식을
떠올리게 하는 대목이다. 화자의 가족이 '어머니 산'에 오르는
순간, 자연과의 오래된 단절을 끊고 "숨이 턱까지 차오르"는
육체의 고통을 감내하면서까지 자연의 품 안으로 걸어 들어갈
때 마침내 인간과 자연이 상응하는 아날로지의 세계가 회복되
기 시작한다.

　어린 아이가 "무등산의 엄마는 누구냐"며 집요하게 묻는다.
부모가 무등산을 '어머니 산'이라고 부르자 어머니 산의 어머니

는 누구인지 알고 싶은 천진한 궁금증이 작동했을 터이다. 아이의 물음에 화자는 무등산의 엄마가 '하늘'이라고 답한다. 하늘이 "천둥과 번개라고 하는 고통을 겪고 나서 낳았다"고 말한다. 시에는 나타나지 않았지만 화자는 아이에게 "네가 태어날 때 엄마도 천둥과 번개 치듯 아픔을 겪었단다"라고 말해주었을 것이다. 천둥 치고 번개가 내리는 고통, 자연의 창조섭리가 자신들에게 내면화되었던 임신과 출산의 과정을 기억해내는 순간, 다시 인간과 자연은 동일한 리듬 안에서 화합하며 신생의 예감으로 충만해진다.

마침내 자연과의 완전한 합일을 이룬 이들 가족은 "후들거리는 하산"길에 "무등산도 같이 내려왔"다. "집에 오자마자/나무와 숲을 들인 채/무등산으로/드러누웠"다. 이들이 집에 들여놓은 나무와 숲은 인공자연이 아니라 자연이라는 본질을 생생하게 체험한 감각이자 무등산과의 교감이 지속되는 상태를 의미한다. 이것은 원본으로서의 자연을 완전히 회복했음을 뜻하는, 화해의 선언이 아닌가. 타자의 본질적인 이질성이 자기존재의 내부로 옮겨와 그 안에서 존재의 속성을 변화시키는 '치명적 도약'을 통해 인간이 '무등산'과 동일화되는 이 태곳적 원시의 낮잠은 얼마나 감동적인가.

어떤 물은 흘러 갈라진 논바닥에 안긴다
그 바닥에 연고처럼 스며들거나

새까맣게 타는 농부의 가슴 식히는
오아시스 되거나
종국에는
회색 들판에 푸른 생명 넘실거린다

어떤 물은 마른 혓바닥 같은 강에 안긴다
먼 길 떠나는 것이 아쉬워 온 마을 돌거나
민물고기 강에서 모처럼 뛰어놀게 하거나
사랑하는 사람끼리 서로 강이 되어준다

어떤 물은 바다에 안긴다
요란하게 살지 말라고 고요가 되거나
먼 데서 달려오느라
피곤한 물의 등 결리지 말라고
파도의 손으로 어루만져 주거나
크게 호흡하며 살라고 태풍이 되어준다

그러나 목마른 자의 목구멍 적시거나
흙먼지 이는 바닥 촉촉하게 하거나
메마른 산야에 옮겨 붙은,
성난 불 쓰다듬거나 하는 물은
어느 선승의 몸과 같은 것이다

아날로지의 회복을 완성하기 위한 고선주의 부단한 노력은 궁극적으로 '물'이라고 하는 물질성으로 귀결된다. 물에 대한 고선주의 믿음은 '논바닥' '오아시스' '강' '바다' '파도' '태풍' '몸' 등 물의 물질적 유동성과 유연함, 변화의 가능성으로 향한다. 그는 이 다양한 '물'의 존재 장소들을 온갖 생명들이 공생하는 유기체적 우주로 해석하고 있다. 이 유기체의 세계는 '흐름'이라는 질서에 의해 유지된다. 물이 아래로 흐르는 성질, 즉 중력에 의해 유기체적 우주가 작동되는 것이다. 중력은 빛과 마찬가지로 만물에게 공통으로 작용한다. 중력에 속한 생물들은 서로 공생하며 조화를 이룬다. 그 조화로움을 통해 물은 "푸른 생명 넘실거리"는 생명력을 획득한다. 그는 이 물을 현대인이 회복해야 할 삶의 원형이자 대안 우주로 제시한다.

물은 늘 같은 모습인 것 같지만 실은 쉼 없이 형태를 바꾼다. 일시적이고 우연한 것이면서도 영속하며 흐른다. 변화에 유연하고, 이질적인 것들과 융합한다. 가볍고 증발하지만 그 분산된 에너지가 모이면 엄청난 파괴력을 지닌다. 물은 만물을 흩어버리고 또 한데 모은다. 산업화된 근대의 견고하고 무거운 '형태주의' 대신 실용과 편리를 추구하는 포스트모던의 변화 양상이 곧 물의 속성이다. 디지털 기술 발달로 경계와 구획이 없어진 비경계·비구분의 커뮤니케이션 역시 물을 모방한 것이다.

한곳에 정착해 고정불변하지 않고 끊임없이 새로운 곳으로 흘러 이전에 없던 것을 창조한다. 물은 과거와 현재와 미래를 동시에 흐른다. 중력이 그러한 것처럼. 그래서 물은 옛 자연의 원시성을 회복시켜 인간과 자연 사이의 간극을 없애주는 회복의 매개가 되는 동시에 오늘날 세계의 현상성이 되며, 앞으로 인간이 디지털 문명사회에서 적응하며 살아나갈 모범적 존재 양식이 된다.

위 시에서 물이 향하는 곳들 중 유독 눈에 띄는 것은 논이다. 논에 물이 닿으면 진흙 웅덩이가 된다. 고여서 썩은 것처럼 보이나 실은 끊임없이 숨 쉬며 변화하는 유기농과 발효의 세계다. 진흙에는 죽음과 부패만 있는 것이 아니라 그것을 양분 삼아 새로 태어나는 유기물과 미생물이 있다. 논은 유기물과 미생물들이 발효와 부패를 거듭하는 조화로운 생태계다. 생명의 징후와 예감으로 우글거리는 태초의 대지이자 삶과 죽음이 상호작용하는 세계, 신생과 소멸의 반복이라는 리듬으로 화음을 이룬 하나의 우주다. 인공자연과 도시문명의 미친 속도로부터 멀리 떨어져 느린 삶을 영위할 수 있는 곳, 삶과 죽음이 살갑게 이웃하고, 인간과 자연이 조화를 이룬 곳, 나의 죽음마저 '물'의 질서로 편입되어 새로운 탄생을 예비하는 과정임을, 자연과 우주의 일부가 되는 통과의례임을 기꺼이 받아들일 수 있는 곳이 바로 논이다.

'갈라진 논바닥'과 '마른 혓바닥 같은 강', '메마른 산야'는 모두 물의 유동성과 생명성이 사라진 불모의 상태를 의미한다. 이것은 곧 인간이 자연과 더불어 아날로지를 이루고 살던 유기적 삶의 상실을 뜻한다. 그가 "피곤한 물의 등 결리지 말라고/파도의 손으로 어루만져 주"는 것은 이 세계를 아날로지로 인식하고 있기 때문이다. 이 세계가 너와 내가 물처럼 유동하는 리듬을 가지고 "사랑하는 사람끼리 서로 강이 되어 주"는 타자성과의 감응과 교류를 반복하는 음악이라면, 모든 생명과 사물들은 저마다 고유한 음색을 지닌 각각의 소리들이다. 그는 이 소리들이 조화로운 음악이 되기를 꿈꾼다. 그 화음이 회복되는 세계야말로 물의 생명성이라는 우주 질서 아래 인간이 자연과 화해하는 자리가 될 것이라고 믿기 때문이다.

그 믿음을 사는 시인의 선한 눈망울에 섬진강 굽이치는 여울이 반짝인다. 그 위로 벚꽃잎 하나 떨어질 때, 그의 시도 독자의 가슴속에 꽃비처럼 한 방울, 한 잎씩 떨어져 내린다.

오후가 가지런한 이유

초판 1쇄 발행 2018년 4월 25일

지은이 고선주
펴낸이 조기조
펴낸곳 도서출판 b

등록 2006년 7월 3일 제2006-000054호
주소 08772 서울시 관악구 난곡로 288 남진빌딩 302호
전화 02-6293-7070(대) 팩시밀리 02-6293-8080
홈페이지 b-book.co.kr 이메일 bbooks@naver.com

ISBN 979-11-87036-48-7   03810

값 10,000원